Mecki Claus
Wilfried Claus

Oscar Wilde

Der selbstsüchtige Riese

Jeden Nachmittag, wenn die Kinder aus der Schule kamen, gingen sie in den Garten des Riesen, um darin zu spielen. Es war ein großer, lieblicher Garten mit weichem, grünem Gras. Zwölf Pfirsichbäume standen da, die im Frühling rosa- und perlenfarbene Blüten und im Herbst reichlich Früchte trugen. Die Vögel saßen in den Bäumen und sangen so süß, dass die Kinder oft mit dem Spielen aufhörten, um zu lauschen.

„Wie glücklich wir hier sind!", rief eines dem anderen zu.

Eines Tages kam der Riese nach Hause. Er war auf Besuch gewesen bei seinem Freund, dem Menschenfresser und war sieben Jahre bei ihm geblieben. Als die sieben Jahre um waren, hatte er alles gesagt, was er zu sagen hatte, denn er wusste nicht viel zu sagen. Nun sah er die Kinder in seinem Garten spielen.

„Was macht ihr hier?“, schrie er mit einer sehr knarzigen Stimme und die Kinder liefen weg.

UNBEFUGTEN ist der Zutritt bei Strafe verboten!!!

„Mein eigener Garten ist mein eigener Garten", sagte der Riese. „Ich erlaube keinem, darin zu spielen, außer mir selber." Also baute er eine hohe Mauer rundherum und stellte eine Warntafel auf, darauf stand:

Er war ein sehr selbstsüchtiger Riese.

UNBEFUGTEN
ist der Zutritt
bei Strafe
verboten!!!

UNBEFUGTEN
ist der Zutritt
bei Strafe
verboten!!!

Die armen Kinder hatten jetzt keinen Ort mehr zum Spielen. Sie versuchten es auf der Straße, aber die Straße war sehr staubig und voll von harten Steinen und das gefiel ihnen gar nicht. Wenn der Unterricht vorbei war, gingen sie oft rund um die hohe Mauer und redeten über den herrlichen Garten dahinter.

„Wie glücklich waren wir dort!", sagten sie zueinander.

Dann kam der Frühling. Nur im Garten des selbstsüchtigen Riesen herrschte noch immer Winter. Die Vögel hatten keine Lust, darin zu singen, weil keine Kinder da waren, und die Bäume vergaßen zu blühen. Einmal steckte eine wunderschöne Blume ihren Kopf aus dem Gras heraus, aber als sie die Warntafel sah, taten ihr die Kinder so leid, dass sie wieder zurück in die Erde schlüpfte und weiterschlief.

Die einzigen Leute, die sich freuten, waren der Schnee und der Frost. „Der Frühling hat diesen Garten vergessen," riefen sie, „so wollen wir das ganze Jahr hier wohnen bleiben." Mit seinem großen, weiten Mantel bedeckte der Schnee das Gras und der Frost bemalte alle Bäume mit Silber. Sie luden den Nordwind ein, bei ihnen zu wohnen, und er kam.

Er war in Pelze eingemummt und heulte den ganzen Tag durch den Garten. „Das ist ein ganz reizender Ort," sagte er, „ wir müssen den Hagel zu Besuch bitten." Es kam der Hagel. Jeden Tag prasselte er drei Stunden lang auf das Dach des Schlosses und dann lief er rund um den Garten, so schnell er nur konnte. Er war in Grau gekleidet, und sein Atem war wie Eis.

UNBEFUGTEN
ist der Zutritt
bei Strafe
verboten!!!

„Ich kann nicht begreifen, warum der Frühling sich mit seinem Kommen so lange Zeit lässt“, sagte der selbstsüchtige Riese, als er am Fenster saß und in seinen kalten, weißen Garten hinausblickte. „Ich hoffe, das Wetter ändert sich bald.“

Aber der Frühling kam nicht und auch nicht der Sommer: Der Herbst brachte jedem Garten goldene Früchte, doch dem Garten des Riesen brachte er nichts. „Er ist zu selbstsüchtig“, sagte der Herbst. So blieb es hier immer Winter, und Nordwind und Hagel, Frost und Schnee tanzten zwischen den Bäumen.

UNBEFUGTEN
ist der Zutritt
bei Strafe
verboten!!!

Eines Morgens lag der Riese wach im Bett; da hörte er eine liebliche Musik. Es sang nur ein Bluthänfling draußen vor seinem Fenster, aber es war so lange her, seit er einen Vogel in seinem Garten singen gehört hatte, dass es ihm schien wie die herrlichste Musik in der Welt. Dann hörte der Hagel auf, über seinem Kopf zu tanzen, der Nordwind hörte auf zu heulen, und durch das offene Fenster wehten aromatische Lüfte herein. „Ich glaube, der Frühling ist endlich gekommen", sagte der Riese, sprang aus dem Bett und sah hinaus.

Was sah er? Er sah einen höchst wunderbaren Anblick. Durch ein kleines Loch in der Mauer waren die Kinder gekrochen und saßen nun in den Zweigen der Bäume. In jedem Baum saß ein kleines Kind. Und die Bäume freuten sich so sehr, die Kinder wiederzuhaben, dass sie sich in Blüten gekleidet hatten und ihre Arme sanft über den Köpfen der Kinder schwingen ließen. Die Vögel schwirrten umher und zwitscherten und die Blumen blickten aus dem grünen Gras heraus und lachten. Nur in einer Ecke war noch Winter. Es war der entfernteste Winkel des Gartens, und dort stand ein kleiner Junge.

Er war so klein, dass er nicht hinauf reichen konnte zu den Ästen des Baumes, und so lief er rundherum und weinte bitterlich. Der arme Baum war noch immer mit Frost und Schnee bedeckt, der Nordwind blies und heulte darüber hin. „Steig herauf, kleiner Junge“, sagte der Baum und neigte seine Äste so weit herunter, wie er nur konnte; aber der Junge war zu winzig.

Und das Herz des Riesen schmolz, als er hinüber blickte. „Wie selbstsüchtig bin ich doch gewesen!“, sagte er. „Jetzt weiß ich, warum der Frühling nicht kommen wollte. Ich werde diesen armen, kleinen Jungen hoch in den Wipfel des Baumes setzen. Dann werde ich die Mauer niederreißen und mein Garten soll ein Spielplatz der Kinder sein, für immer und immer.“ Und es reute ihn sehr, was er getan hatte.

Er schlich hinunter, öffnete ganz sachte die Haustür und trat hinaus in den Garten. Aber als die Kinder ihn sahen, liefen sie weg, und im Garten wurde es wieder Winter. Nur der kleine Junge lief nicht davon, denn seine Augen waren so voll Tränen, dass er den Riesen nicht kommen sah. Und der Riese hob ihn sanft auf seine Hand und setzte ihn hinauf in den Baum.

Mit einem Male brach der Baum in Blüten aus und die Vögel kamen und sangen. Der kleine Junge streckte seine Arme aus und schlang sie um des Riesen Nacken und küsste ihn. Als die anderen Kinder sahen, dass der Riese nicht länger böse war, kamen sie zurück gelaufen und mit ihnen kam der Frühling. „Das ist jetzt euer Garten", sagte der Riese, nahm eine große Axt und riss die Mauer nieder.

Und als die Leute um zwölf Uhr auf den Markt gingen, sahen sie den Riesen mit den Kindern spielen in dem herrlichsten Garten, den sie jemals erblickt hatten. Den ganzen Tag lang spielten sie und am Abend kamen sie zum Riesen, um sich zu verabschieden. „Aber wo ist euer kleiner Spielgefährte," sagte er, „der Junge, den ich in den Baum gesetzt habe?" Der Riese hatte ihn am liebsten, weil er ihn geküsst hatte. „Wir wissen es nicht", antworteten die Kinder, „er ist weggegangen." „Ihr müsst ihm sagen, dass er morgen ganz sicher wieder kommen soll", sagte der Riese. Aber die Kinder erwiderten, sie wüssten nicht, wo er wohne, und hätten ihn niemals zuvor gesehen; da wurde der Riese sehr traurig.

Jeden Nachmittag, wenn die Schule vorbei war, kamen die Kinder und spielten mit dem Riesen. Aber der kleine Junge, den der Riese liebte, wurde niemals wieder gesehen. Der Riese war sehr freundlich zu allen Kindern, aber er sehnte sich nach seinem ersten kleinen Freund und sprach oft von ihm. „Wie gern würde ich ihn sehen!", sagte er dann immer.

Die Jahre vergingen und der Riese wurde sehr alt und matt. Er konnte nicht mehr herumtollen, also saß er in einem riesigen Lehnstuhl, sah den Kindern bei ihren Spielen zu und freute sich an seinem Garten. „Ich habe viele schöne Blumen“, sagte er, „aber die Kinder sind die allerschönsten.“

Eines Wintermorgens blickte er aus seinem Fenster, während er sich ankleidete. Jetzt hasste er den Winter nicht mehr, denn er wusste, dass der Frühling nur schlief und die Blumen sich ausruhten.

Plötzlich rieb er sich die Augen vor Erstaunen und schaute und schaute. Es war wahrhaftig ein herrlicher Anblick. Im entferntesten Winkel des Gartens war ein Baum ganz bedeckt mit weißen Blüten. Seine Äste waren golden und silberne Früchte hingen von ihnen, und darunter stand der kleine Knabe, den er geliebt hatte.

Voller Freude lief der Riese hinaus in den Garten. Er hastete über das Gras und näherte sich dem Kind. Als er ganz nahe war, rötete sich sein Gesicht vor Zorn: „Wer hat es gewagt, dich zu verletzen?“ Denn auf den Handflächen des Kindes waren die Wunden zweier Nägel und Wunden zweier Nägel waren auf den kleinen Füßen. „Wer hat es gewagt, dich zu verletzen?“, rief der Riese; „sage es mir, damit ich mein großes Schwert nehme und ihn erschlage.“ „Nein“, erwiderte das Kind, „denn dies sind die Male der Liebe.“

„Wer bist du?“, fragte der Riese und eine ungewohnte Ehrfurcht überfiel ihn, und er kniete nieder vor dem kleinen Kind. Und das Kind lächelte dem Riesen zu und sagte zu ihm: „Du ließest mich einst in deinem Garten spielen, heute sollst du mit mir in meinen Garten kommen, in das Paradies.“

Als die Kinder an diesem Nachmittag herein sausten, fanden sie den Riesen tot unter dem Baum liegen, ganz bedeckt mit weißen Blüten.

Mecki Claus: Mit Gründung der Reisebühne „Meckis Puppentheater" vor 30 Jahren unternahm sie den Schritt vom Hobby zum Beruf. Sie gründete zusammen mit ihrem Mann das „Theater im Walzwerk", das weit über die Grenzen Pulheims bekannt wurde, und den Verein zur Förderung der theaterpädagogischen Arbeit für Kinder, Jugendliche, Lehrer und Erzieher. Geboren und aufgewachsen in Köln, lebt sie mit ihrer Familie heute in Pulheim.

Wilfried Claus: ebenfalls in Köln geboren, studierte Theologie, Philosophie, Pädagogik und Kunst in Köln und Bonn. Er arbeitete als Lehrer und Schulleiter in Köln. Nach dieser Laufbahn betrieb er ein eigenes Fotoatelier, es folgten Ausstellungen in Köln, Brühl, Cavaso/Italien, Gemünd/Eifel und Pulheim.

Für ihr Engagement wurden beide 2006 mit dem Kulturpreis des Rhein-Erft-Kreises geehrt. Von ihren vielen gemeinsamen Projekten sollen an dieser Stelle eine historische Rückschau auf die Geschichte des Ritterguts Orr sowie die Märchenillustration: Klein Zaches genannt Zinnober von E.T.A. Hoffmann erwähnt sein.

Autor: Oscar Wilde
Künstlerische Umsetzung: Mecki und Wilfried Claus
Übersetzung, redaktionelle Bearbeitung, Nachwort: Patricia Hahne-Wolter
Satz und Layout: Uwe Steinmayer, atelier-am-see.com
Druck: Alfred Nordmann

Printed in Israel 2020
ISBN 978-3-940106-34-6

Nachwort

Was kann uns ein Text aus dem 19. Jahrhundert heute bedeuten? Als mir Oscar Wildes Märchen „Der selbstsüchtige Riese" angeboten wurde, berührten mich Text und Bilder sehr. Thema und Rhythmus der Sprache drängen sich geradezu auf, um dem Text zeitgenössische Fragen zu stellen, in der Hoffnung, die Gegenwart besser einordnen zu können. Obwohl Oscar Wilde aus der Sicht des Riesen erzählt, ist die Rolle der Kinder fundamental. Ihre Freude, ihr Mut und ihre Lebenskraft lassen sogar die Jahreszeiten stillstehen, wenn sie sich nicht entfalten dürfen – diese Erfahrung betrifft viele Kinder gerade weltweit. Die Figur des Riesen zeigt, dass sich Menschen ändern können, eine optimistische und mutmachende Aussage – selbst eingefahrene Verhaltensweisen können sich also unter dem Eindruck der Notwendigkeit ändern. Der Tod wird ebenso behandelt: als Erlösung, nach einem nun erfüllten Leben. Ich greife gerade diese drei Aspekte des Märchens heraus, da sie mir zurzeit am wichtigsten erscheinen.

Oscar Wilde betonte die Bedeutung von Mythen und Vorstellungskraft im Kontrast zum Realismus seiner viktorianischen Zeit (geb. 1854 in Dublin – gest. 1900 in Paris). Das Märchen „Der selbstsüchtige Riese" spiegelt dies in besonderer Weise, denn hier darf die Figur des Riesen einen Prozess durchlaufen. Schönheit und Kunst sind Wildes Schlüsselbegriffe: „Die Kunst äußert sich nur über sich selbst, es gibt in der Erzählung keinen Code oder allegorische Bedeutung, keine versteckten philosophischen oder persönlichen Nachrichten"[1]. Mit der Inszenierung seiner selbst und der 1888 erschienenen Sammlung von Kunstmärchen mit dem Titel „Der glückliche Prinz" wurde Wilde der prominenteste Vertreter der literarischen Epoche des Ästhetizismus und wurde von vielen Generationen gelesen.

Die Geschichte der Fotografie ist ebenfalls mit dem ausgehenden 19. Jahrhundert eng verbunden und so erscheint es passend, das Märchen als Fotobilderbuch zu veröffentlichen. Zusammen mit den abgebildeten Puppen ergibt sich ein reizvolles haptisches Erlebnis. Mit diesem Märchenbuch möchten wir die Leser ermuntern, mit ihren eigenen Fragen auf Text und Bild zuzugehen.

Patricia Hahne-Wolter, Verlegerin
Juni 2020

Glossar

ankleiden; Kleidung anlegen

aromatisch; verlockend, duftend, anregend, köstlich

bereuen; etwas als ein begangenes Unrecht empfinden und tief bedauern

darüber; oben, oberhalb

Ehrfurcht; Scheu, Verehrung

einst; damals, früher

erwidern; antworten, entgegenhalten

hasten; sausen, dahinstürmen

herrschen; vorhanden sein

hinauf; nach oben, aufwärts

hinüber; von dieser Stelle über etwas nach dort drüben

Knabe; kleiner Junge, Knirps

lauschen; horchen, aufmerksam zuhören

lieblich; hier: einen angenehmen Sinnenreiz auslösend

Mal; Wundmal, Erinnerungsmal, Stigma

prasseln; trommeln, schlagen, klatschen

reichlich; mehr als genug, in Hülle und Fülle

reizend; attraktiv, entzückend

Riese; in Märchen beschriebenes Wesen von übergroßer menschlicher Gestalt

sachte; behutsam, sanft

schlüpfen; sich schnell in eine bestimmte Richtung bewegen

selbstsüchtig; auf seinen eigenen Vorteil bedacht

Unbefugten; eigenmächtige, nicht berechtigte Person

Warntafel; Schild warnt vor Gefahr

Zutritt; Erlaubnis, Eintritt

Literaturhinweis

1: s. John Sloan, Introduction in: Oscar Wilde, The Complete Short Stories, Oxford 2010, S. X.